五福五代堂古稀天子寶

八徵耄念之寶

太上皇帝之寶

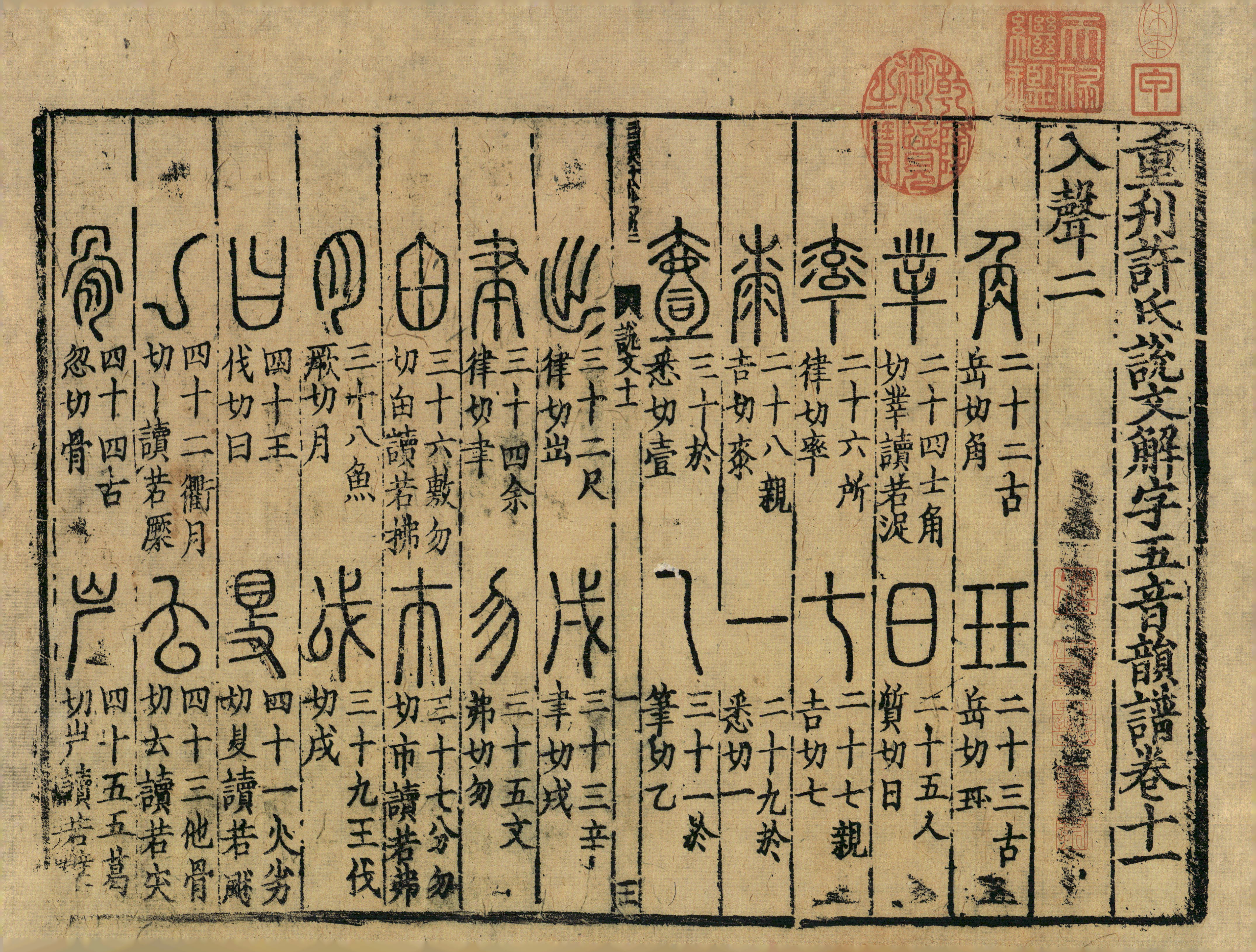

重刊許氏說文解字五音韻譜卷十一

入聲二

二十二古岳切角

二十三古岳切珏

二十四士角切丵讀若浞

二十五人質切日

二十六所律切率

二十七親吉切七

二十八親吉切桼

二十九於悉切一

三十於悉切壹

三十一於筆切乙

三十二尺律切出

三十三辛聿切戌

三十四余律切聿

三十五文弗切勿

三十六敷勿切甶讀若拂

三十七分勿切市讀若弗

三十八魚厥切月

三十九王伐切戉

四十王伐切曰

四十一火劣切𡕥讀若颬

四十二衢月切亅讀若橜

四十三他骨切𠫓讀若突

四十四古忽切骨

四十五五葛切歺讀若櫱

重刊許氏說文解字五音韻譜卷十二

入聲十二

歺 四十六 五割切 歺讀若櫱

大 四十七 他達切 大讀若[illegible]

𣎵 四十八 北末切 𣎵讀若撥

朮 四十九 普活切 朮讀若潑

㓞 五十 格八切 㓞讀若刮

乙 五十一 烏轄切 乙讀若北

八 五十二 博拔切 八

殺 五十三 所八切 殺

㕯 五十四 女滑切 㕯讀若孥

卩 五十五 子結切 卩讀若節

苜 五十六 徒[illegible] 苜人讀若末

頁 五十七 胡結切 頁讀若纈

穴 五十八 胡決切 穴

血 五十九 呼決切 血

丿 六十 匹蔑切 若嫳又房密切

舌 六十一 食列切 舌

屮 六十二 丑列切 屮讀若徹

叕 六十三 陟劣切 叕讀若輟

桀 六十四 渠列切 桀

龠 六十五 以灼切 龠

勺 六十六 之若切 勺

叒 六十七 而灼切 叒讀若弱

辵 六十八 丑略切 辵讀若踔

㲋 六十九 丑略切 㲋讀若踔

谷 七十 其虐切 谷讀若臄

𩫏 七十一 古博切 𩫏讀若郭

角 二十二 獸角也象形角與刀魚相

[illegible]

七十 讀若 [illegible]

六十 [illegible] 讀 [illegible]

六十 [illegible] 之

六十 切 [illegible]

六十 [illegible] 切

六十 [illegible]

五十 切 人 [illegible]

五十 [illegible] 入 [illegible]

五十 切 四 [illegible]

五十 切 八 [illegible]

五十 切 人 [illegible]

四十 切 讀若 [illegible]

四十 切 讀若 [illegible]

七十 切 讀 一 [illegible]

六十 切 讀 九 [illegible]

六十 切 讀 [illegible]

六十 切 合 五 [illegible]

六十 切 讀 三 [illegible]

六十 切 一 [illegible]

五十 切 九 讀 [illegible]

五十 切 讀 [illegible]

五十 切 十 讀 [illegible]

五十 切 三 [illegible]

五十 切 讀 一 [illegible]

四十 切 讀 [illegible]

四十 切 大 讀 [illegible]

似凡角之屬皆从角古岳切

䚗 舉角也从角公聲古雙切

觜 鴟舊頭上角觜也一曰觜觿也从角此聲遵爲切

觭 角一俛一仰也从角奇聲去奇切

觚 鄉飲酒之爵也一曰觴受三升者謂之觚从角瓜聲古平切

觿 佩角銳耑可以解結从角巂聲詩曰童子佩觿戶圭切

䚡 角中骨也从角思聲穌來切

𧥄 揮角皃从角雚聲梁隱縣有𧥄亭又讀若繟況袁切

觛 角匕也从角亘聲讀若讙臣鉉等曰亘音宣俗作古鄧切篆文有異況袁切

𧤗 角𧤗獸也狀似豕角善爲弓出胡休多國从角耑聲多官切

○

觠 曲角也从角𢍏聲巨員切

觰 觰拏獸也从角者聲一曰下大者也陟加切

觴 觶實曰觴虛曰觶从角𥏻省聲式陽切

䉼 籀文觴从爵省

衡 牛觸橫大木其角从角从大行聲詩曰設其福衡戶庚切

𩴧 古文衡如此

觵 兕牛角可以飲者也从角黃聲其狀觵觵故謂之觵古橫切

觥 俗觵从光

觲 用角低仰便也从羊牛角詩曰觲觲角弓息營切

𧤼 射收繳具从角酋聲讀若鰌字秋切

觓 角皃从角丩聲詩曰○兕觵其觓渠幽切

𧣮 角傾也从角虒聲敕豕切

觤 羊角不齊也从角危聲過委切

觬 角觬曲也从角兒聲西河有觬氏縣研啓切

𧥮 角曲中也从角畏聲烏賄切

觛 小觶也从

[illegible]也从[illegible]聲[illegible]古[illegible]切 [illegible] [illegible] [illegible] 醫殹也[illegible] [illegible] 从[illegible]

[illegible]从酉兒聲[illegible]酉[illegible]古[illegible] [illegible] [illegible] [illegible]也从[illegible] [illegible] 小[illegible]也

[illegible] [illegible]从[illegible]聲[illegible]切 [illegible] [illegible] [illegible] [illegible]也从酉[illegible] [illegible] ○

[illegible]从[illegible] [illegible] [illegible] [illegible] [illegible] [illegible]也从[illegible]切 [illegible]

[illegible] [illegible]从酉[illegible] [illegible] [illegible]古文[illegible] [illegible] [illegible]也[illegible]从[illegible] [illegible]

[illegible] [illegible] 古[illegible] [illegible]从[illegible] [illegible] [illegible] [illegible] [illegible]从[illegible]聲[illegible]切

[illegible] [illegible]从[illegible]聲[illegible] [illegible] [illegible]也从酉[illegible] [illegible]

[illegible]也从[illegible] [illegible] [illegible] [illegible] [illegible] [illegible]从[illegible]聲[illegible]切

說文十[illegible]

[illegible] [illegible] [illegible]切 ○ [illegible] [illegible]也从酉[illegible]切

[illegible] [illegible]从[illegible] [illegible]也 [illegible] [illegible] [illegible]从酉[illegible]切

[illegible] [illegible] [illegible]从酉[illegible] [illegible] [illegible] [illegible]从[illegible]切 [illegible]

[illegible] [illegible]也从酉[illegible]聲[illegible]切 [illegible] [illegible] [illegible]也

[illegible] [illegible] [illegible]也从[illegible] [illegible]切 [illegible]从酉[illegible] [illegible]

[illegible] [illegible] [illegible]从酉[illegible]聲[illegible] [illegible] [illegible] [illegible]也从[illegible] [illegible]

[illegible] [illegible]从[illegible] [illegible] [illegible]也从酉[illegible]切 [illegible] [illegible]

[illegible] [illegible] [illegible] [illegible]古[illegible]切

角旦聲徒旱切
觟 牝牂羊生角者也从角圭聲下瓦切 ○ 觶 鄉飲酒角也禮曰一人洗舉觶觶受四升从角單聲臣鉉等曰當从戰省乃得聲之義切 𧣬 觶或从辰 觗 禮經觶
觢 一角仰也从角㓞聲易曰其牛觢臣鉉等當从契省乃得聲尺制切
解 判也从刀判牛角一曰解廌獸也戸賣切又佳買切
䚨 惟射收繁具也从角發聲方肺切 ○
觳 盛觵卮也一曰射具从角㱿聲讀若斛胡谷切
觻 角也从角樂聲張掖有觻得縣盧谷切
觸 牴也从角蜀聲尺玉切
觷 治角也从角學省聲胡角切
[illegible] 調弓也从角弱省聲於角切
[illegible] 角長皃从角爿聲士角切
觱 羌人所吹角屠觱以驚馬也从角𤇾聲𤇾古文誖字卑吉切
[illegible] 角有所觸發也从角厥聲居月切
觼 環之有舌者从角夐聲古穴切 鐍 觼或从金矞
觡 骨角之名也从角各聲古百切
[illegible] 杸耑角也从角殽聲胡狄切

文三十九 重六

玨 二十三 二玉相合爲一玨凡玨之屬皆从玨古岳切 瑴 玨或从㱿

班 分瑞玉从玨从刀布還切 ○
𨍭 車笭間皮篋古者使奉玉以藏之从車

珏　二玉相合爲一珏　凡珏之屬皆从珏

文三十九　重六

讀與服同　房六切

文三　重一

丵 二十四

叢生艸也象丵嶽相竝出也凡丵之屬皆从丵讀若浞　士角切

叢 聚也从丵取聲　徂紅切

○

對 譍無方也从丵从口从寸　都隊切

對 對或从士漢文帝以爲責對而爲言多非誠對故去其口以从士也

○

業 大版也所以飾縣鐘鼓捷業如鋸齒以白畫之象其鉏鋙相承也从丵从巾巾象版詩曰巨業維樅　魚怯切

𦒫 古文業

文四　重二

日 二十五

實也太陽之精不虧从囗一象形凡日之屬皆从日　人質切

㘝 古文象形

曈 曈曨日欲明也从日童聲　徒紅切

曨 曈曨也从日龍聲　盧紅切

文三　重一

丵　四十二　叢生艸也象丵嶽相竝出也凡丵之屬皆从丵讀若浞

業　大版也所以飾縣鐘鼓捷業如鋸齒以白畫之象其鉏鋙相承也从丵从巾巾象版詩曰巨業維樅

古文業

叢　聚也从丵取聲

對　譍無方也从丵从口从寸

對　對或从士漢文帝以爲責對而面言多非誠對故去其口以从士也

文十一

文四　重二

日　二十五　實也太陽之精不虧从口一象形凡日之屬皆从日

⊖　古文象形

[illegible]

日行暆暆也从日施聲樂浪有東暆縣讀若酏弋支切

四時也从日寺聲市之切

古文時从之日

乾也从日希聲香衣切

光也从日軍聲許歸切

日出温也从日句聲北地有昫衍縣火于切又火句切

兼晐也从日亥聲古哀切

秋天也从日文聲虞書曰仁閔覆下則稱旻天武巾切

旦明日將出也从日斤聲讀若希許斤切

同也从日从比徐鍇曰日日比之是同也古渾切

日冥也从日氐省氐者下也一曰民聲呼昆切

日旦昏時从日䜌聲讀若新城䜌中洛官切

○

日明也从日召聲止遙切

日出也从日昜聲商書曰暘谷與章切

美言也从日从曰一曰日光也詩曰東方昌矣臣鉉等曰曰亦言也尺良切

籀文昌

舉也从日卬聲五岡切

日上也从日升聲古只用升識蒸切

雲布也从日雲會意徒含切

○

日景也从日咎聲居洧切

熱也从日者聲舒呂切

日無色也从日从竝徐鍇曰日無光則遠近皆同故从竝滂古切

旦明也从日者聲當古切

明也从日戶聲侯古切

雨而晝姓也从日啓省聲康礼切

莫也从日免聲無遠切

溫溼也从日赧省聲讀與赧同女版切

大也从日反聲補綰切

望遠合也从日匕匕合也讀若窈窕之窈徐鍇

曰匕相近也故日合也烏皎切

暤　明也从日皋聲呼鳥切

昴　白虎宿星从日卯聲莫飽切

晧　日出皃从日告聲胡老切

暠　晧旰也从日皋聲胡老切

早　晨也从日在甲上子浩切

曏　不久也从日鄉聲春秋傳曰曏役之三月許兩切

昶　日長也从日永會意丑兩切

昉　明也从日方聲分兩切

曩　曏也从日襄聲奴朗切

晄　明也从日光聲胡廣切

景　光也从日京聲居影切

晻　不明也从日奄聲烏感切

○

曬　暴也从日麗聲所智切

曙　曉也从日署聲常恕切

晤　明也从日吾聲詩曰晤辟有摽五故切

曀　陰而風也从日壹聲詩曰終風且曀於計切

昧　爽旦明也从日未聲一曰闇也莫佩切

晬　周年也从日卒卒亦聲子內切

晦　月盡也从日每聲荒內切

埃替日無光也从日能聲奴代切

晉　進也日出萬物進从日从臸易曰明出地上晉　臣鉉等案臸到也會意即刃切

晙　明也从日夋聲子峻切

暈　日月气也从日軍聲王問切

旱　不雨也从日干聲乎旰切

暵　乾也耕暴桑田曰暵从日堇聲易曰燥萬物者莫暵乎離　臣鉉等曰當从漢省乃得聲呼旰切

旰　晚也从日干聲春秋傳曰日旰君勞古案切

㬮　安㬮溫也从日難聲奴案切

晏　天清也从日安聲烏諫切

晛　日見也从日从見見亦聲詩曰見晛日消胡

[illegible]切天清也从日[illegible]聲[illegible]切 晛 日見也从日从見見亦聲詩曰見晛曰消胡甸切

旰 晚也从日干聲春秋傳曰日旰君勞古案切 [illegible]

[illegible]

早 晨也从日在甲上子浩切 [illegible]

[illegible]

[illegible]

[illegible]

[illegible]

[illegible]

昂 [illegible]

昇 日上也从日升聲[illegible]

甸切 曣 星無雲也从日燕聲於甸切 昪 喜樂皃从日弁聲皮變切
㬥 晞也从日从出从𠬞从米薄報切 𣋡 古文㬥从日麃聲 暇 閑也
从日叚聲胡嫁切 暀 光美也从日往聲于放切 曠 明也从日廣聲苦謗切
映 明也隱也从日央聲於敬切 晟 明也从日成聲承正切 暗 日無
光也从日音聲烏紺切 暫 不久也从日斬聲藏濫切 。昱 明日也从日立聲余
六切 旭 日旦出皃从日九聲讀若勗一曰明也臣鉉等曰九非聲未詳許玉切 𣅡 不見
也从日否省聲美畢切 暱 日近也从日匿聲春秋傳曰私降暱燕尼質切 昵 暱或

説文十一　八

从尼 暍 傷暑也从日曷聲於歇切 昒 尚冥也从日勿聲呼骨切 昳
日厄也从日失聲徒結切 暬 日狎習相慢也从日執聲私列切 晢 昭晢明也从日
折聲禮曰晢明行事旨熱切 昨 壘日也从日乍聲在各切 昔 乾肉也从殘肉
日以晞之與俎同意思積切 𦠆 籀文从肉 暘 日覆雲暫見也从日易聲羊益切
旳 明也从日勺聲易曰爲旳顙都歷切 曆 曆象也从日厤聲史記通用歷郎擊
切 厢 日在西方時側也从日仄聲易曰日厢之離臣鉉等曰今俗別作昃非是阻力切 㬎
衆微杪也从日中視絲古文以爲顯字或曰衆口皃讀若唫唫或以爲繭繭者絮中往往有小繭也五合切

曅 光也从日从䒑筠輒切

文七十 重六

文十六 新附

率 二十六 捕鳥畢也象絲罔上下其竿柄也凡率之屬皆从率 所律切

文一

七 二十七 陽之正也从一微陰从中衺出也凡七之屬皆从七 親吉切

文一

桼 二十八 木汁可以䰍物象形桼如水滴而下凡桼之屬皆从桼 親吉切

䰍 桼也从桼髟聲許尤切 ○

[illegible] 桼垸已復桼之从桼包聲匹皃切

文三

一 二十九 惟初太始道立於一造分

[illegible] ……也从口从……

文十　重六

文十六

𠦒 入二十 捕鳥畢也象絲罔上下其竿柄也凡𠦒之屬皆从𠦒 卑吉切

文一

七 入二十 陽之正也从一微陰从中衺出也凡七之屬皆从七 親吉切

文一

桼 入二十 木汁可以䰍物象形桼如水滴而下凡桼之屬皆从桼 親吉切

髤 桼也从桼髟聲 許由切 ○ 䰍 桼垸已復桼之从桼包聲 匹皃切

文三

一 惟初太始道立於一造分

天地化成萬物凡一之屬皆从一 於悉切

弌 古文一

丕 大也从一不聲 敷悲切

元 始也从一从兀徐鍇曰元者善之長也故从一 愚袁切

○天 顛也至高無上从一大 他前切

○吏 治人者也从一从史史亦聲徐鍇曰吏之治人心主於一故从一 力置切

文五　重一

壹 三十

專壹也从壺吉聲凡壹之屬皆从壹 於悉切

懿 專久而美也从壹从恣省聲 乙冀切

文二

乙 三十一

象春艸木冤曲而出陰气尚彊其出乙乙也與丨同意乙承甲象人頸凡乙之屬皆从乙 於筆切

乾 上出也从乙乙物之達也倝聲渠焉切又古寒切
𠦝 籒文乾

尤 異也从乙又聲徐鍇曰乙欲出而見閡見閡則顯其尤異也羽求切

亂 治也从乙乙治之也从𤔔郎段切

文四 重一

三十二

出 進也象艸木益滋上出達也凡出之屬皆从出尺律切

敖 游也从出从放五牢切

賣 出物貨也从出从買莫邂切

三十一

糶 出穀也从出从糴糴亦聲他弔切

𣄚 槷𣄚不安也从出臬聲易曰槷𣄚徐鍇曰物不安則出不在也五結切

文五

三十三

戌 滅也九月陽气微萬物畢成陽下入地也五行土生於戊盛於戌从戊含一凡戌之屬皆从戌辛聿切

文一

三十四 所以書也楚謂之聿吳謂之不律燕謂之弗从聿一聲凡聿之屬皆从聿 余律切

者也从聿者聲商魚切

聿飾也从聿从彡俗語以書好爲𦘔讀若津將鄰切

○ 秦謂之筆从聿从竹徐鍇曰筆尚便疌故从聿 鄙密切

文四

三十五 州里所建旗象其柄有三游雜帛幅半異所以趣民故遽稱勿勿凡勿之屬皆从勿 文弗切

勿或从放

開也从日一勿一曰飛揚一曰長也一曰彊者衆皃與章切

文二 重一

三十六 鬼頭也象形凡甶之屬皆从甶

聿 所以書也楚謂之聿吳謂之不律燕謂之弗从聿一聲凡聿之屬皆从聿 余律切

筆 秦謂之筆从聿从竹 鄙密切

𦘢 聿飾也从聿从彡俗語以書好為𦘢讀若津 將鄰切

書 箸也从聿者聲 商魚切

文四

敷勿切

畏 惡也从甶虎省鬼頭而虎爪可畏也於胃切

𤰶 古文省

禺 母猴屬頭似鬼从甶从禸牛具切

文三　重一

三十七

巿 韠也上古衣蔽前而已巿以象之天子朱巿諸侯赤巿大夫葱衡从巾象連帶之形凡巿之屬皆从巿分勿切

韍 篆文巿从韋从犮臣鉉等曰今俗作紱非是

㭘 士無巿有㭘制如榼缺四角爵弁服其色韎賤不得與裳同司農曰裳纁色从巿合聲古洽切

韐 㭘或从韋

文二　重二

三十八

月 闕也太陰之精象形凡月之屬皆从月魚厥切

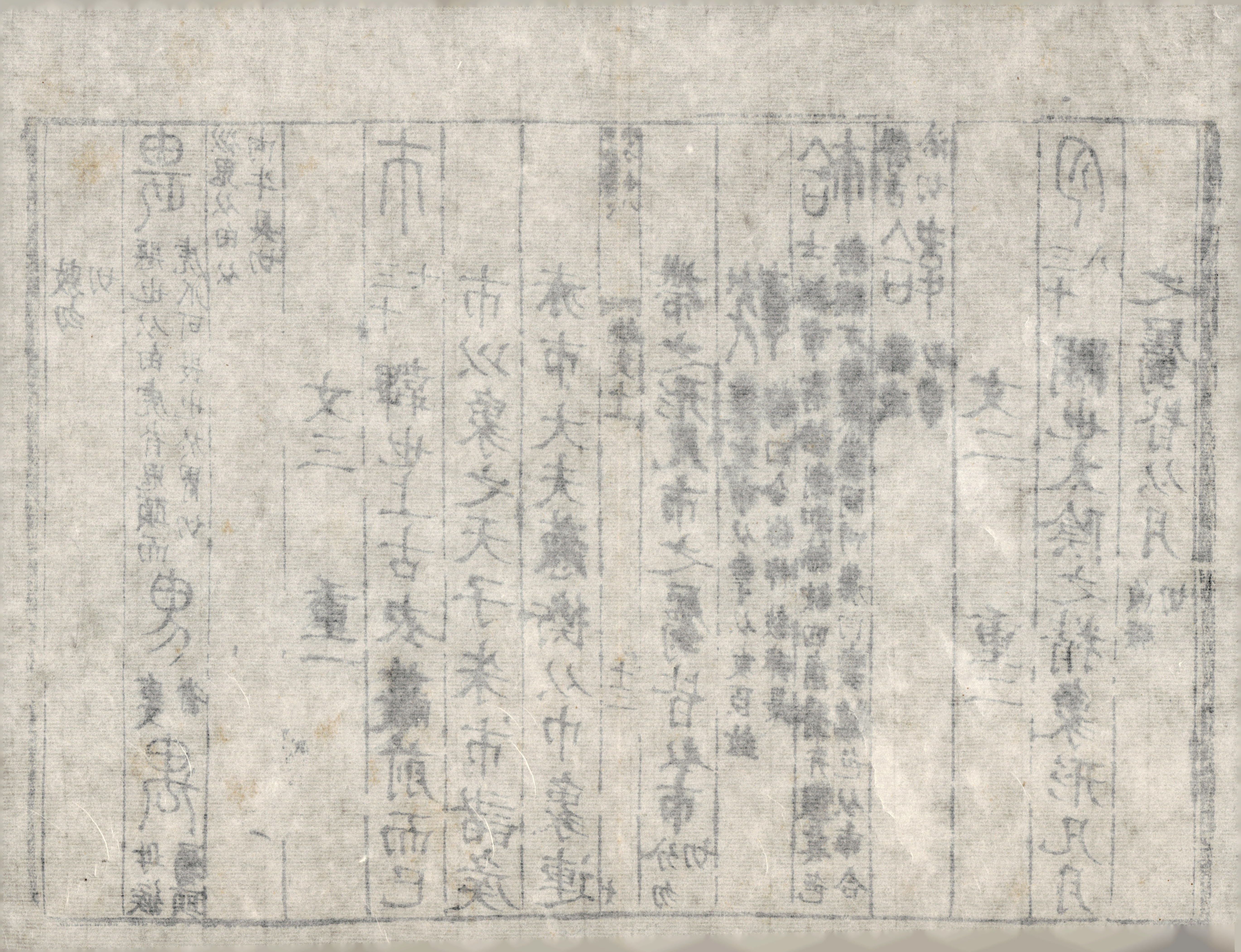

朧 朦朧也从月龍聲盧紅切

朦 月朦朧也从月蒙聲莫工切

期 會也从月其聲渠之切 𣌾 古文期从日丌 ○

朏 月未盛之明从月出周書曰丙午朏普乃切又芳尾切

朓 晦而月見西方謂之朓从月兆聲土了切

朗 明也从月良聲盧黨切 ○

肭 朔而月見東方謂之縮肭从月內聲女六切

朔 月一日始蘇也从月屰聲所角切

霸 月始生霸然也承大月二日承小月三日从月䨣聲周書曰哉生霸普伯切臣鉉等曰今俗作必駕切以爲霸王字 𩁹 古文霸

文八 重二

文二 新附

戉 三十九

斧也从戈乚聲司馬法曰夏執玄戉殷執白戚周左杖黃戉右秉白髦凡戉之屬皆从戉 臣鉉等曰今俗別作鉞非是王伐切

戚 戉也从戉尗聲倉歷切

文二

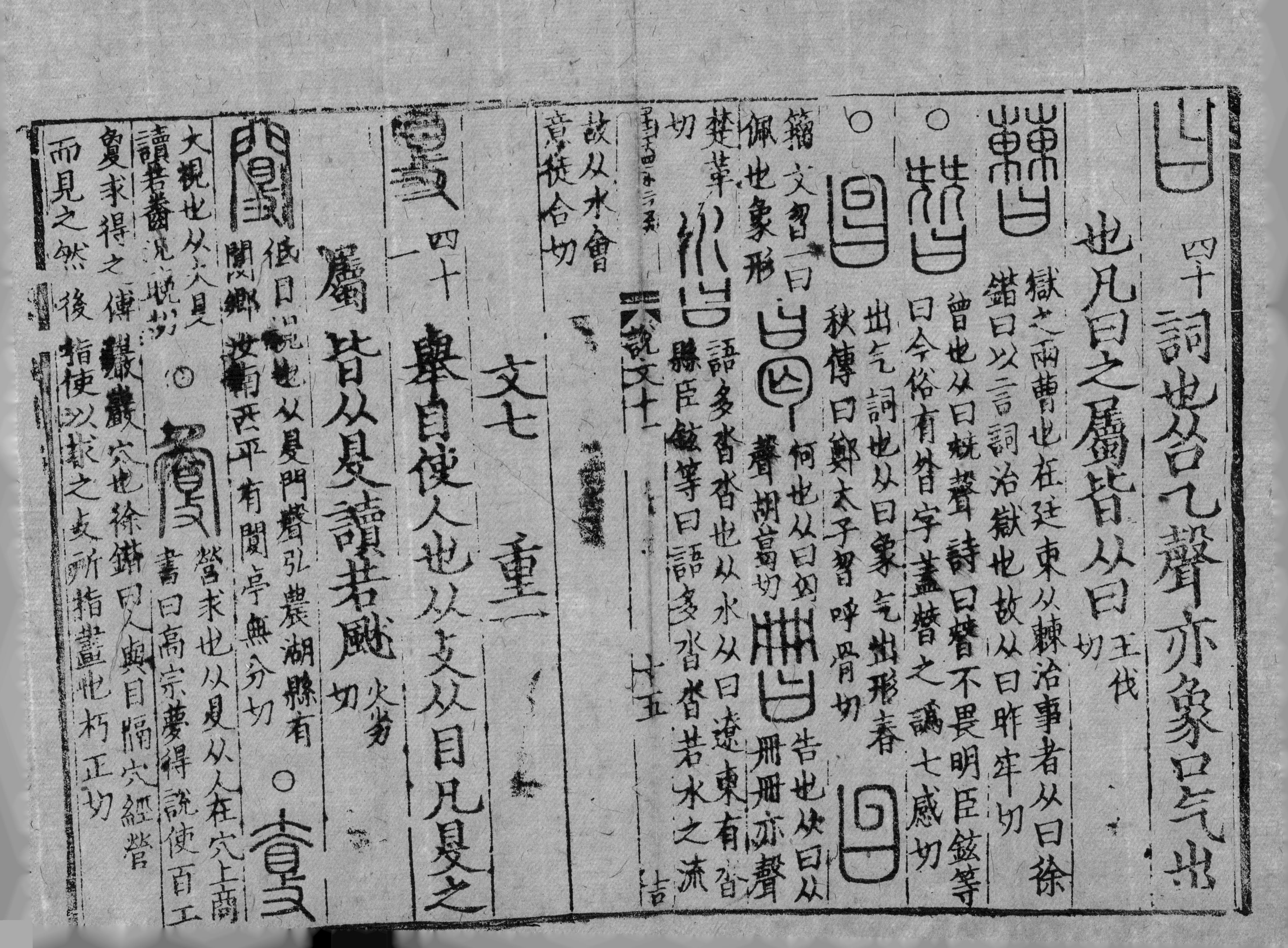

詞也从口乙聲亦象口气出也凡曰之屬皆从曰 王伐切

獄之兩曹也在廷東从棘治事者从曰 徐鍇曰以言詞治獄也故从曰 昨牢切

○ 曾也从曰兟聲詩曰朁不畏明 臣鉉等曰今俗有朁字蓋朁之譌 七感切

○ 出气詞也从曰象气出形春秋傳曰鄭太子曶 呼骨切

籒文曶一曰佩也象形

何也从曰匃聲 胡葛切

告也从曰从冊冊亦聲 楚革切

語多沓沓也从水从曰遼東有沓縣 臣鉉等曰語多沓沓若水之流故从水會意 徒合切

文七 重一

四十一

舉目使人也从攴从目凡夏之屬皆从夏讀若颰 火劣切

低目視也从夏門聲弘農湖縣有闅鄉汝南西平有闅亭 無分切

大視也从大夏讀若齤 況晚切

○ 營求也从夏从人在穴上商書曰高宗夢得說使百工夐求得之傅巖巖穴也 徐鍇曰人與目隔穴經營而見之然後指使以攴之攴所指畫也 朽正切

而見之象 [illegible]

實來[illegible]又傳 [illegible]

[illegible]

大[illegible]也 [illegible]

[illegible] 从人 [illegible]

[illegible] 从 [illegible] 切

章 [illegible] 四十 [illegible] 从音 [illegible] 人也 从 [illegible] 从 [illegible] 凡 [illegible]

文十 重 [illegible]

[illegible] 从 [illegible] 切

[illegible]

㕯 言之訥也 从口从内 凡㕯之屬皆从㕯 [illegible]

[illegible]

文四

亅 四十二 鉤逆者謂之亅象形凡亅之屬皆从亅讀若橜 衢月切

乚 鉤識也从反亅讀若捕鳥罬 居月切

文二

𠫓 四十三 不順忽出也从到子易曰突如其來如不孝子突出不容於內也凡𠫓之屬皆从𠫓 他骨切

𠫓 或从到古文子即易突字

疏 通也从㐬从疋疋亦聲 所葅切 ○

育 養子使作善也从𠫓肉聲虞書曰教育子 徐鍇曰𠫓不順子也不順子亦教之況順者乎 余六切

毓 育或从每

文三 重二

骨 四十四 肉之覈也从冎有肉凡骨之屬皆从骨 古忽切

[illegible]从[illegible]

[illegible]四十[illegible]

文三　重一

[illegible]

○谷　泉出通川爲谷从水半見出於口凡谷之屬皆从谷　古祿切

[illegible]

[illegible]

文二

乚　[illegible]

[illegible]

[illegible]

骸 脛骨也从骨亥聲戶皆切

髖 髀上也从骨寬聲苦官切 ○

骿 并脅也从骨并聲晉文公骿脅臣鉉等曰骿胝字同今別作胼非部田切

骹 脛也从骨交聲口交切

䯝 瘺病也从骨麻聲莫鄱切

髏 髑髏也从骨婁聲洛侯切 ○

髓 骨中脂也从骨隓聲息委切

骫 骨耑骫奊也从骨丸聲於詭切

髀 股也从骨卑聲并弭切

𧿒 古文

體 總十二屬也从骨豊聲他禮切

髕 厀耑也从骨賓聲毗忍切

骾 食骨留咽中也从骨更聲古杏切

髃 肩前也从骨禺聲午口切 ○

骴 鳥獸殘骨曰骴骴可惡也从骨此聲明堂月令曰掩骼薶骴骴或从肉資四切

⿰骨貴 厀脛間骨也从骨貴聲丘媿切

𩩲 骨擿之可會髮者从骨會聲詩曰𩩲弁如星古外切

骭 骹也从骨干聲古案切

髁 髀骨也从骨果聲苦臥切 ○

髑 髑髏頂也从骨蜀聲徒谷切

⿰骨厥 ⿰骨厥骨也从骨厥聲居月切

⿰骨昏 骨耑也从骨昏聲古活切

髆 肩甲也从骨尃聲補各切

骼 禽獸之骨曰骼从骨各聲古覈切

⿰骨易 骨間黃汁也从骨易聲讀若易曰夕惕若厲他歷切

文二十五 重一

說文二下

[illegible]

詩曰[illegible]古文[illegible]从[illegible]聲

[illegible]會[illegible]會聲

明堂月令曰[illegible]

[illegible]古文[illegible]

[illegible]从[illegible]聲[illegible]

[illegible]

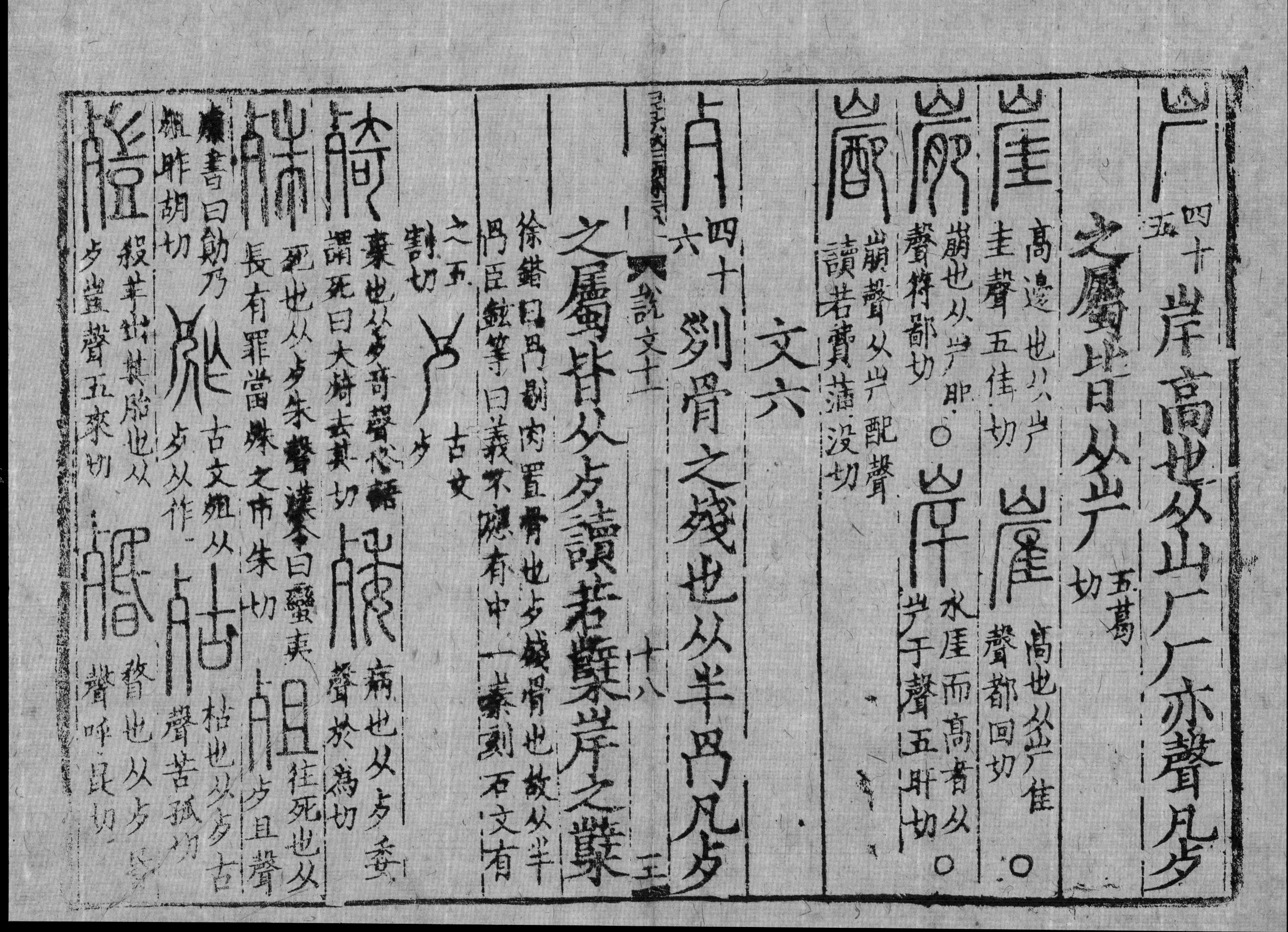

屵 四十五

岸高也从𡵂厂厂亦聲凡屵之屬皆从屵 五葛切

崖 高邊也从屵圭聲五佳切 ○ 嵟 高也从屵隹聲都回切 ○

嶏 崩也从屵肥聲符鄙切 ○ 岸 水厓而高者从屵干聲五旰切 ○

⿸屵配 崩聲从屵配聲讀若費蒲沒切

文六

歺 四十六

列骨之殘也从半冎凡歺之屬皆从歺讀若櫱岸之櫱 徐鍇曰冎剔肉置骨也歺殘骨也故从半冎臣鉉等曰義不應有中一秦刻石文有之五割切

𣦵 古文歺 ⿱卢又 古文

⿰歺奇 棄也从歺奇聲俗語謂死曰大⿰歺奇去其切

⿰歺委 病也从歺委聲於爲切

殊 死也从歺朱聲漢令曰蠻夷長有罪當殊之市朱切

殂 往死也从歺且聲虞書曰勛乃殂昨胡切

𣨛 古文殂从歺从作

⿰歺古 枯也从歺古聲苦孤切

⿰歺豈 殺羊出其胎也从歺豈聲五來切

殙 瞀也从歺昏聲呼昆切

殘 賊也从歺戔聲昨干切
𣦼 禽獸所食餘也从歺从肉昨干切
殫 殛盡也从歺單聲都寒切
○
殤 不成人也人年十九至十六死爲長殤十五至十二死爲中殤十一至八歲死爲下殤从歺傷省聲式陽切
殃 咎也从歺央聲於良切
殲 微盡也从歺韱聲春秋傳曰齊人殲于遂子廉切
○
殆 危也从歺台聲徒亥切
殄 盡也从歺㐱聲徒典切
𠄢 古文殄如此
𣩠 畜產疫病也从歺从羸郎果切
㱙 腐也从歺丂聲許久切
朽 㱙或从木
○
殔 瘞也从歺隶聲羊至切
殬 敗也从歺睪聲商書曰彝倫攸殬當故切

殪 死也从歺壹聲於計切
𡔷 古文殪从死
殯 死在棺將遷葬柩賓遇之从歺从賓賓亦聲夏后殯於阼階殷人殯於兩楹之間周人殯於賓階必刃切
殨 爛也从歺貴聲胡對切
殣 道中死人人所覆也从歺堇聲詩曰行有死人尚或殣之渠吝切
殠 腐气也从歺臭聲尺救切
○
殰 胎敗也从歺賣聲徒谷切
𣨛 大夫死曰𣨛从歺卒聲子聿切
歾 終也从歺勿聲莫勃切
𣩵 歾或从𠬧
殟 胎敗也从歺昷聲烏沒切
𣩏 死宗夢也从歺莫聲莫各切
殖 脂膏久殖也从歺直聲常職切
殛 殊也从歺亟聲虞書曰殛鯀于羽山己力切

文三十二　重六

亣　籀文大改古文亦象人形　凡大之屬皆从大　他達切　四十

奚　大腹也从大𦣻省聲𦣻籀文系字　胡雞切　○　耎　稍前大也从大而聲讀若畏偄　而沇切

臭　大白澤也从大从白古文以為澤字　古老切　奘　駔大也从大从壯壯亦聲　徂朗切　○

奰　壯大也从三大三目二目為𦣻三目為奰益大也一曰迫也讀若易虙羲氏詩曰不醉而怒謂之奰　平秘切

𡚁　大皃从大䀠聲或曰拳勇字一曰讀若傿　乙獻切　○

奕　大也从大亦聲詩曰奕奕梁山　羊益切

文八

竝　併也从二立　凡竝之屬皆从竝　蒲迥切

普　廢一偏下也从竝白聲　他計切

𦘔　或从曰　○　㬱　或从兟从曰

文三　重一

𣎳 四十九 艸木盛𣎳𣎳然象形八聲凡𣎳之屬皆从𣎳讀若輩 普活切

𣐺 止也从𣎳盛而一横止之也即里切 ○ 南 艸木至南方有枝任也从𣎳羊聲那含切 𡴘 古文

𤰞 艸木𤰞孛之皃 𣎳畀聲于貴切 ○ 孛 𤰞也从𣎳人色也从子論語曰色孛如也蒲妹切 ○ 索 艸有莖葉可作繩索从𣎳糸杜林說𣎳亦朱木字蘇各切

文六 重一

㓞 五十 巧㓞也从刀丯聲凡㓞之屬皆从㓞 恪八切 ○ 栔 刻也从㓞从木 苦計切 ○ 契 齘契刮也从㓞夬聲一曰契畫堅也古黠切

文三

乙 五十一 玄鳥也齊魯謂之乙取其鳴自呼象形凡乙之屬皆从乙 徐鍇曰此與甲乙之乙相類其形舉首下曲與甲乙字少異烏轄切 鳦

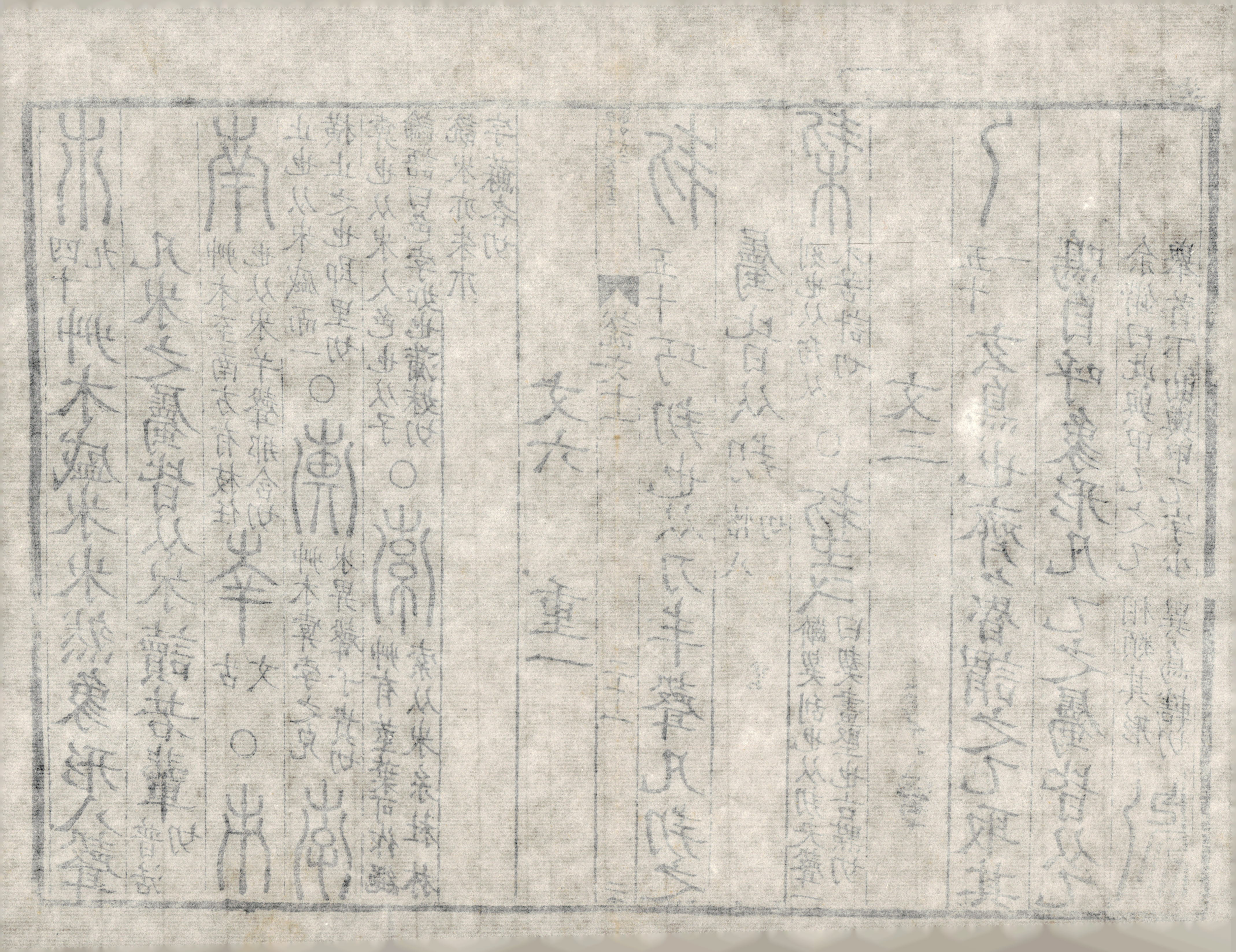

乙或从鳥

通也从乙从子乙請子之候鳥也乙至而得子嘉美之也古人名嘉字子孔康董切

人及鳥生子曰乳獸曰產从孚从乙乙者玄鳥也明堂月令玄鳥至之日祠于高禖以請子故乳从乙請子必以乙至之日者乙春分來秋分去開生之候鳥帝少昊司分之官也而主切

文三　重一

五十二

別也象分別相背之形凡八之屬皆从八　博拔切

平分也从八从厶音司八猶背也韓非曰背厶為公古紅切

語之舒也从八舍省聲以諸切

二余也讀與余同

別也从八从刀刀以分別物也甫文切

詞之舒也从八从曰四聲昨稜切

多言也从言从八从厃臣鉉等曰厃高也八分也多故可分也職廉切

詞之必然也从入丨八八象气之分散兒氏切

从意也从八豕聲徐醉切

畫也从八从人人各有介古拜切

曾也庶幾也从八向聲時亮切

分極也从八弋弋亦聲卑吉切

分也从重八八別也亦聲孝經說曰故上下有別兵列切

文十二　重二

五十三　戮也从殳杀聲凡殺之屬皆从殺　臣鉉等曰說文無杀字相傳云音察未知所出所八切

古文殺　古文殺　古文殺　古文殺

臣殺君也易曰臣弒其君从殺省式聲式吏切

文二　重三

五十四　言之訥也从口从内凡㕯之屬皆从㕯　女滑切

从外知内也从㕯章省聲式陽切　古文商　亦古文商　籀文商

○

以錐有所穿也从矛从㕯一曰滿有所出也余律切

文三　重三

五十五　瑞信也守國者用玉卩守都鄙者用角卩使山邦者

用虎卩，士邦者用人卩，澤邦者用龍卩，門關者用符卩，貨賄用璽卩，道路用旌卩。象相合之形。凡卩之屬皆从卩。子結切

卷　厀曲也。从卩𢍏聲。居轉切

厄　科厄，木節也。从卩厂聲。賈侍中說以爲厄，裹也。一曰厄，蓋也。五果切

卶　有大度也。从卩多聲。讀若侈。充豉切

𢀩　宰之也。从卩必聲。兵媚切

卲　高也。从卩召聲。寔照切

卸　舍車解馬也。从卩、止、午。讀若汝南人寫書之寫。司夜切

令　發號也。从亼、卩。力正切

文十三

皆从𥄕𦾔从此讀若末 徐鍇曰𦫳角戾也徒結切

瞢 目不明也从𥄕从旬旬目數搖也木空切

○蔑 勞目無精也从𥄕人勞則蔑然从戍莫結切

𦾔 火不明也从𥄕从火𥄕亦聲周書曰布重𦾔席𦾔席織蒻席也讀與蔑同莫結切

文四

頁 五十七 頭也从𦣻从儿古文䭫首如此凡頁之屬皆从頁𦣻者䭫首字也 胡結切

顒 大頭也从頁禺聲詩曰其大有顒魚容切

頯 權也从頁⿱大廾聲渠追切

顀 出頟也从頁隹聲直追切

䫏 醜也从頁其聲今逐疫有䫏頭去其切

顱 䫎顱首骨也从頁盧聲洛乎切

題 頟也从頁是聲杜兮切

䫌 曲頤也从頁不聲薄回切

頦 醜也从頁亥聲戶來切

頵 頭頵頵大也从頁君聲於倫切

煩 熱頭痛也从頁从火一曰焚省聲附袁切

⿰樊頁 大醜皃从頁樊聲附袁切

顐 無髮也一曰耳門也从頁困聲苦昆切

⿰昏頁 繫頭殟也从頁昏聲莫奔切

文四

頁 頭也从百从儿古文䭫首如

此凡頁之屬皆从頁百者䭫首

顏 眉目之間也从頁彥聲五姦切

⿰彥頁 籀文

頒 大頭也从頁分聲一曰鬢也詩曰有頒其首布還切

顅 頭鬢少髮也从頁肩聲周禮數目顅脰苦閑切

頑 梱頭也从頁元聲五還切

○⿰眞頁 項也从頁眞聲都季切

顓 頭顓顓謹皃从頁耑聲職緣切

⿰羔頁 大頭也从頁羔聲口么切

顦 顦顇也从頁焦聲昨焦切

頗 頭偏也从頁皮聲滂禾切

⿰霝頁 面瘦淺⿰霝頁⿰霝頁也从頁霝聲郎丁切

頭 首也从頁豆聲度侯切

顄 頤也从頁函聲胡男切

⿰兼頁 頭頰長也从頁兼聲五咸切

○頍 舉頭也从頁支聲詩曰有頍者弁丘弭切

頠 頭閑習也从頁危聲語委切

顗 謹莊皃从頁豈聲魚豈切

頨 頭妍也从頁翩省聲讀若翩 臣鉉等曰从翩聲又讀若翩則是古今異音也王矩切

頫 低頭也从頁逃省太史卜書頫仰字如此揚雄曰人面頫 臣鉉等曰頫首者逃亡之皃故从逃省今俗作俯非是方矩切

俛 頫或从人免

⿰卑頁 傾首也从頁卑聲匹米切

⿰鬼頁 頭不正也从頁鬼聲口猥切

頣 舉目視人皃从頁臣聲式忍切

⿰㐱頁 顏色㐱䫇慎事也从頁㐱聲之忍切

⿰尹頁 面目不正皃从頁尹聲余準切

⿰員頁 面色顚⿰員頁皃从頁員聲讀若隕于閔切

⿰爰頁 面不正也从頁爰聲于反切

顯 頭明飾也从頁㬎聲 臣鉉等曰㬎古以爲顯字

故从㬎聲呼典切

⿰善頁 倨視人也从頁善聲旨善切

顥 白皃从頁从景楚詞曰天白顥顥南山四顥白首人也臣鉉等曰景日月之光明白也胡老切

顆 小頭也从頁果聲苦惰切

顙 頟也从頁桑聲蘇朗切

領 項也从頁令聲良郢切

頸 頭莖也从頁巠聲居郢切

頂 顛也从頁丁聲都挺切

𩕲 或从𩑋作

𩠐 籒文从鼎

頲 狹頭頲也从頁廷聲他挺切

䪴 項枕也从頁冘聲章衽切

顑 飯不飽面黃起行也从頁咸聲讀若戇下感下坎二切

頷 面黃也从頁含聲胡感切

頜 顄也从頁合聲胡感切

顉 低頭也从頁金聲春秋傳曰迎于門顉之而已五感切

顲 面顑顲皃从頁㔶聲盧感切

顩 𪙨皃从頁僉聲魚檢切

○

頌 皃也从頁公聲似用切又余封切

額 籒文

項 頭後也从頁工聲胡講切

顇 顦顇也从頁卒聲秦醉切

⿰枝頁 小頭蘇蘇也从頁枝聲讀若規又己恚切

預 安也案經典通用豫从頁未詳羊洳切

籲 呼也从頁籥聲讀與籥同商書曰率籲衆戚羊戍切

顧 還視也从頁雇聲古慕切

䫔 司人也一曰恐也从頁契聲讀若禊胡計切

顡 癡不聰明也从頁豪聲五怪切

⿰豩頁 頭蔽顡也从頁豪聲五怪切

頪 難曉也从頁米一曰鮮白皃从粉省臣鉉等曰難曉亦不聰之義盧對切

……曰……未聲……切 頪 難曉也从頁米一曰鮮白皃从粉省……

……聲 顡 ……不聰明也从頁豪聲五怪切

[illegible]

[illegible]

[illegible]

……从頁……聲……

[illegible]

……胡感切 从頁合聲 顉 低頭也从頁金聲春秋傳曰迎于門顉之而已五感切

……从頁含聲……面黃也……胡感切

[illegible]

[illegible]

……从頁……切 ……从頁今聲……

顥 白皃从頁从景楚辭曰天白顥顥南山四顥白首人也胡老切

[illegible]

頛 頭不正也从頁从耒耒頭傾也讀又若春秋陳夏齧之齧盧對切

𩔵 昧前也从頁𡿺聲讀若昧莫佩切

順 理也从頁从巛食閏切

⿰粦頁 鬒鱗也从頁粦聲一曰頭少髮良刃切

願 大頭也从頁原聲魚怨切

⿰㬎頁 顛頂也从頁㬎聲魚怨切

⿰艮頁 頰後也从頁艮聲古恨切

頓 下首也从頁屯聲都困切

顫 頭不正也从頁亶聲之繕切

顨 選具也从二頁士戀切

顤 高長頭从頁堯聲五弔切

⿰敖頁 [illegible]高也从頁敖聲五到切

⿰爭頁 好皃从頁爭聲詩所謂顙首疾正切

⿰尤頁 顫也从頁尤聲于救切

疣 頄或从疒

⿰乇頁 顫也从頁乇聲徒谷切

頊 頭頊頊謹皃从頁玉聲許玉切

⿰岳頁 面前岳岳也从頁岳聲五角切

⿰出頁 頭䪽䪽謹也从頁出聲讀又若骨之出切

顝 大頭也从頁骨聲讀若魁苦骨切

⿰气頁 秃也从頁气聲苦骨切

⿰𠬸頁 內頭水中也从頁𠬸𠬸亦聲烏沒切

頞 鼻莖也从頁安聲烏割切

齃 頞或从鼻曷

頢 短面也从頁𠯑聲五活切又下括切

頡 直項也从頁吉聲胡結切

頟 顙也从頁各聲臣鉉等曰今俗作額五陌切

⿰冘頁 頭入也从頁[illegible]聲常[illegible]切

頰 面旁也从頁夾聲古叶切

⿰夾頁 籀文頰

文九十三 重六

文一 新附

穴 土室也从宀八聲凡穴之屬皆从穴 胡決切 五十八

空 竅也从穴工聲苦紅切

穹 窮也从穴弓聲去弓切

竆 極也从穴躳聲渠弓切

窻 通孔也从穴怱聲楚江切

窺 小視也从穴規聲去隓切

窬 穿木戶也从穴俞聲一曰空中也羊朱切

窀 葬之厚夕从穴屯聲春秋傳曰窀穸从先君於地下陟輪切

○窴 塞也从穴真聲待年切

穿 通也从牙在穴中昌緣切

寮 穿也从穴尞聲論語有公伯寮洛蕭切

窯 燒瓦竈也从穴羔聲余招切

窠 空也穴中曰窠樹上曰巢从穴果聲苦禾切

窊 污衺下也从穴瓜聲烏瓜切

窐 甑空也从穴圭聲烏瓜切

竀 正視也从穴中正見也正亦聲敕貞切

罙 深也一曰竈突从穴从火从求省式鍼切

○窳 污窬也从穴胍聲朔方有窳渾縣以主切

窘 迫也从穴君聲渠隕切

窕 深肆極也从穴兆聲讀若挑徒了切

窈 深遠也从穴幼聲烏皎切

窅 冥也从穴皀聲烏皎切

[illegible]

穸 窀穸也从穴夕聲詞亦切 窜 入脈刺穴謂之窜从穴甲聲烏甲切 ○

[illegible]切 [illegible] 从穴叕聲 [illegible] 窒 [illegible] 塞也从穴至聲陟栗切

[illegible]聲 [illegible] 竀 正視也从穴中正見也正亦聲敕貞切 窋 物在穴中皃从穴中出丁滑切 突

犬从穴中暫出也从犬在穴中一曰滑也徒骨切 竄 墜也从鼠在穴中七亂切 窣

从穴中卒出蘇骨切 [illegible] [illegible] 窘 迫也从穴君聲渠隕切 窕

[illegible] 窕 深肆極也从穴兆聲讀若挑徒了切 ○ 穹 窮也从穴弓聲去弓切

窵 窵窅深也从穴鳥聲多嘯切 [illegible] 究 窮也从穴九聲居又切

三十 文

[illegible] 空 竅也从穴工聲苦紅切 [illegible] 窖 地藏也从穴告聲古孝切

[illegible] 窌 [illegible] 窞 [illegible] 窖 [illegible]

竅 空也从穴敫聲牽料切 [illegible] 窈 深遠也从穴幼聲烏皎切 窖 [illegible]

窱 杳窱也从穴條聲徒弔切 竁 [illegible] 窊 [illegible]

竁 穿地也从穴毳聲一曰小鼠聲周禮曰大喪甫竁充芮切 [illegible] 邃 深遠也从穴遂聲雖遂切

窞 坎中小坎也从穴从臽臽亦聲易曰入于坎窞一曰旁入也徒感切 ○ 窬 [illegible] 窀 [illegible]

𥤢 北方謂地空因以爲土穴爲𥤢戶从穴皿聲讀若猛武永切 [illegible] 窋 [illegible]

血 文五十一 重一

血 五十九 祭所薦牲血也从皿一象血形凡血之屬皆从血 呼決切

衁 血也从血亡聲春秋傳曰士刲羊亦無衁也呼光切

⿱甹血 定息也从血甹省聲讀若亭特丁切

𧖴 腫血也从血農省聲奴冬切

膿 俗𧖴从肉農聲

⿱幾血 以血有所刏涂祭也从血幾聲渠稀切

⿱菹血 醢也从血菹聲側余切

⿱⿰艹⿰缶且血 ⿱菹血或从缶

衃 凝血也从血不聲芳桮切

⿱𦘔血 气液也从血𦘔聲將鄰切

⿰血肬 血醢也从血肬聲禮記有⿰血肬醢以牛乾脯粱麴鹽酒也臣鉉等曰肬肉汁滓也故从肬肬亦聲他感切

衉 羊凝血也从血臽聲苦紺切

⿰贛血 衉或从贛

衄 鼻出血也从血丑聲女六切

卹 憂也从血卩聲一曰鮮少也徐鍇曰血者言憂之切至也辛聿切

衊 污血也从血蔑聲莫結切

衋 傷痛也从血聿皕聲周書曰民罔不衋傷心許力切

盇 覆也从血大臣鉉等曰大象蓋覆之形胡臘切

文十五 重三

丿 六十 右戾也象左引之形凡丿

之屬皆从丿 徐鍇曰其爲文舉首而申體也房密切又匹蔑切

芟艸也从丿从乀相交魚廢切 乂或从刀 ○

撟也从丿从乀从韋省分勿切臣鉉等曰韋所以束枉戾也

左戾也从反丿讀與弗同分勿切

文四 重一

六十一 在口所以言也別味也从干从口干亦聲凡舌之屬皆从舌 徐鍇曰凡物入口必干於舌故从干食列切

以舌取食也从舌易聲神帋切 舓或从也

歠也从舌沓聲他合切

文三 重一

六十二 艸木初生也象丨出形有枝莖也古文或以爲艸字讀若徹凡屮之屬皆从屮尹彤

説臣鉉等曰丨上下通也象艸木萌芽通徹地上也丑列切

屯 難也象艸木之初生屯然而難从屮貫一一地也尾曲易曰屯剛柔始交而難生陟倫切

𡴀 艸初生其香分布从屮从分分亦聲撫文切

芬 𡴀或从艸

熏 火煙上出也从屮从黑屮黑熏象也許云切

○每 艸盛上出也从屮母聲臣鉉等案左傳原田每每今別作莓非是武罪切

○𡵂 菌𡵂地蕈叢生田中从屮六聲力竹切

籀文𡵂从三𡵂

毒 厚也害人之艸往往而生从屮从毒徒沃切

古文毒从刀畗

文七 重三

叕 六十三 綴聯也象形凡叕之屬皆从叕陟劣切

綴 合箸也从叕从糸陟衛切

文二

桀 六十四 磔也从舛在木上也凡桀之屬皆从桀渠列切

乘 覆也从入桀桀黠也軍法曰乘食陵切

古文乘从几

乘 覆也从入桀桀黠也軍法曰乘食陵切 𠷎 古文乘从几

屬皆从桀 渠列切

桀 四 六十 磔也从舛在木上也凡桀之

文一

[illegible] 从[illegible]合書也[illegible]从[illegible] [illegible]从[illegible] [illegible]切

[illegible] 三 六十 [illegible]也象形凡[illegible]之屬

文七 重三

从三[illegible] [illegible]从[illegible] [illegible]古文[illegible]

[illegible]

〇 米 [illegible]八聲[illegible] 讀若[illegible]

[illegible]

〇 [illegible]

[illegible] 从[illegible] [illegible]

乇 [illegible]

[illegible] 一上下通 [illegible] 象[illegible]

磔 辜也从桀石聲陟格切

文三 重一

龠 六十五 樂之竹管三孔以和衆聲也从品侖侖理也凡龠之屬皆从龠以灼切

龡 籥音律管壎之樂也从龠炊聲昌垂切

䶵 管樂也从龠虒聲直离切

篪 䶵或从竹

龤 樂和龤也从龠皆聲虞書曰八音克龤戶皆切

〇龢 調也从龠禾聲讀與和同戶戈切

文五 重一

勺 六十六 挹取也象形中有實與包同意凡勺之屬皆从勺之若切

与 賜予也一勺為与此与與同余呂切

文二

叒 六十七 日初出東方湯谷所登榑

喿 鳥羣鳴也从品在木上 穌到切

文三　重一

龠 五六十 樂之竹管三孔以和衆聲

也从品侖侖理也凡龠之屬皆从龠

从龠 以灼切

龡 籥音律管壎之樂也 从龠炊聲 昌垂切

䶵 管樂也 从龠虒聲

龤 樂和龤也 从龠皆聲 虞書曰八音克龤

龢 調也 从龠禾聲 讀與和同

文五　重一

冊 六十 符命也

与丨同意凡冊之屬皆从冊

𠕋 凡冊與同 屬于也一 冊

文二

叒 六十 日初出東方湯谷所登榑桑

桑 叒木也象形凡叒之屬皆从叒 而灼切

叒 籀文

桑 蠶所食葉木从叒木 息郎切

文二 重一

辵 六十八 乍行乍止也从彳从止凡辵之屬皆从辵讀若春秋公羊傳曰辵階而走 丑略切

通 達也从辵甬聲 他紅切

逢 遇也从辵峯省聲 符容切

隨 从也从辵𢠢省聲 旬爲切

迻 遷徙也从辵多聲 弋支切

逶 逶迤衺去之皃从辵委聲 於爲切

𧺊 或从虫爲

追 逐也从辵𠂤聲 陟隹切

遲 徐行也从辵犀聲詩曰行道遲遲 直尼切

𨒬 遲或从𡰥

遟 籀文遲从屖

遺 亡也从辵貴聲 以追切

違 [illegible]也从辵韋聲 羽非切

迂 避也从辵于聲 憶俱切

逾 越進也从辵俞聲周書曰無敢昏逾 羊朱切

逋 亡也从辵甫聲 博孤切

𨓵 籀文逋从捕

𨒫 往也从辵且聲𨒫齊語 全徒切

徂 𨒫或从彳

䢐 籀文从虘

𨑨 步行也从辵土聲 同都切

邌 徐也从辵黎聲 郎奚切

迷 或也从辵米聲 莫兮切

逡 復也从辵夋聲 七倫切

遵 循也从辵尊聲 將倫切

巡 視行皃从辵川聲 詳遵切

邍 高平之野人所登从辵备录闕 愚袁切

迀 進也从辵干聲 讀若干 古寒切

還 復也从辵睘聲 戶關切

𨔆 自進極也从辵書聲 子僊切

邊 行垂崖也从辵臱聲 布賢切

⿺辵肙 行皃从辵肙聲 烏玄切

遷 登也从辵䙴聲 七然切

拪 古文遷从手西

連 負連也从辵从車 力延切

⿺辵侃 過也从辵侃聲 去虔切

遄 往來數也从辵耑聲 易曰巳事遄往 市緣切

迢 迢遰也从辵召聲 徒聊切

遼 遠也从辵尞聲 洛簫切

逍 逍遙猶翱翔也从辵肖聲 臣鉉等案詩只用消搖 此二字字林所加 相邀切

遙 逍遙也又遠也从辵䍃聲 余招切

⿺辵交 會也从辵交聲 古肴切

遭 遇也从辵曹聲 一曰邐行 作曹切

逃 亡也从辵兆聲 徒刀切

過 度也从辵咼聲 古禾切

遮 遏也从辵庶聲 止車切

遐 遠也从辵叚聲 臣鉉等曰或通用假字 胡加切

迦 迦互令不得行也从辵枷聲 徐鍇曰迦互猶犬牙左右相制也 古牙切

迒 獸迹也从辵亢聲 胡郎切

⿰足更 迒或从足从更
遑 急也从辵皇聲或从彳胡光切
迎 逢也从辵卬聲語京切
延 正行也从辵正聲諸盈切
征 延或从彳
逑 斂聚也从辵求聲虞書曰旁逑孱功又曰怨匹曰逑巨鳩切
⿺辶繇 行⿺辶繇徑也从辵繇聲以周切
迺 迫也从辵酉聲字秋切
遒 迺或从酋
遱 連遱也从辵婁聲洛侯切 ○
邇 近也从辵爾聲兒氏切
迩 古文邇
徙 迻也从辵止聲斯氏切
⿰彳止 徙或从彳
屟 古文徙
邐 行邐邐也从辵麗聲力紙切
迆 衺行也从辵也聲夏書曰東迆北會于匯移尒切
⿺辶氐 怒不進也从辵氐聲都禮切
遠 遼也从辵袁聲雲阮切
古文遠
返 還也从辵从反反亦聲商書曰祖甲返扶版切
彶 春秋傳返从彳
選 遣也从辵巽巽遣之巽亦聲一曰選擇也思沇切
遣 縱也从辵𦥑聲去衍切
道 所行道也从辵从首一達謂之道徒皓切
古文道从首寸
逞 通也从辵呈聲楚謂疾行為逞春秋傳曰何所不逞欲丑郢切
迥 遠也从辵同聲戶穎切 ○
迵 迵迭也从辵同聲徒弄切
送 遣也从辵倂省蘇弄切
籀文不省
避 回也从辵辟聲毗義切
遂 亡也从辵㒸聲徐醉切
古文遂

王

傳也一曰窘也从辵豦聲其倨切
逢也从辵禺聲牛具切
不行也从辵䡛聲讀若住中句切
去也从辵帶聲特計切
更易也从辵虒聲特計切
迾也晉趙曰迣从辵世聲讀若寘征例切
往也从辵折聲讀若誓時制切
無違也从辵舝聲讀若害胡蓋切
邂逅不期而遇也从辵解聲胡懈切
數也从辵貝聲周書曰我興受其退薄邁切
遠行也从辵蠆省聲莫話切
邁或不省
唐逮及也从辵隶聲臣鉉等曰或作迨徒耐切
疾也从辵卂聲息進切
登也从辵閵省聲即刃切

行難也从辵粦聲易曰以往遴良刃切
或从人
附也从辵斤聲渠遴切
古文近
迻徙也从辵軍聲王問切
遷也一曰逃也从辵盾聲徒困切
遁也从辵孫聲蘇困切
逃也从辵从豚徒困切
逃也从辵官聲胡玩切
逭或从雚从兆
習也从辵貫聲工患切
遮遠也从辵羕聲于綠切
就也从辵告聲譚長說造上士也七到切
古文造从舟
巡也从辵羅聲郎左切
往也从辵王聲春秋傳曰子無我迋于放切
散走也从辵并聲北諍切
恭謹行也从辵𣪘聲讀若九

居又切
逅 邂逅也从辵后聲胡遘切
遘 遇也从辵冓聲古候切
透 跳也過也从辵秀聲他候切
逗 止也从辵豆聲田候切
○
速 疾也从辵束聲桑谷切
警 古文从敕从言
遬 籀文从敕
⿺辶賣 媟⿺辶賣也从辵賣聲徒谷切
逯 行謹逯逯也从辵彔聲盧谷切
逐 追也从辵从豚省徐鍇曰豚走而豕追之會意直六切
⿺辶額 遠也从辵額聲莫角切
逴 遠也从辵卓聲一曰蹇也讀若棹苕之棹臣鉉等案棹苕今無此語未詳敕角切
⿺辶臸 近也从辵臸聲人質切
述 循也从辵术聲食聿切
⿺辶秫 籀文从秫
⿺辶率 先道也从辵率聲疏密切

遹 回避也从辵矞聲余律切
迄 至也从辵气聲許訖切
⿺辶戉 踰也从辵戉聲易曰雜而不⿺辶戉王伐切
遏 微止也从辵曷聲讀若桑蟲之蝎烏割切
達 行不相遇也从辵羍聲詩曰挑兮達兮徒葛切
达 達或从大或曰迭
适 疾也从辵昏聲讀與括同古活切
⿺辶𣎵 前頡也从辵巿聲賈侍中說一讀若拾又若郅北末切
⿺辶巿 行皃从辵巿聲蒲撥切
迭 更遞也从辵失聲一曰达徒結切
迾 遮也从辵列聲良薛切
逪 迹遣也从辵昔聲倉各切
遻 相遇驚也从辵从咢咢亦聲五各切
迫 近也从辵白聲博陌切
迮 迮迮起也从辵作省聲阻革切

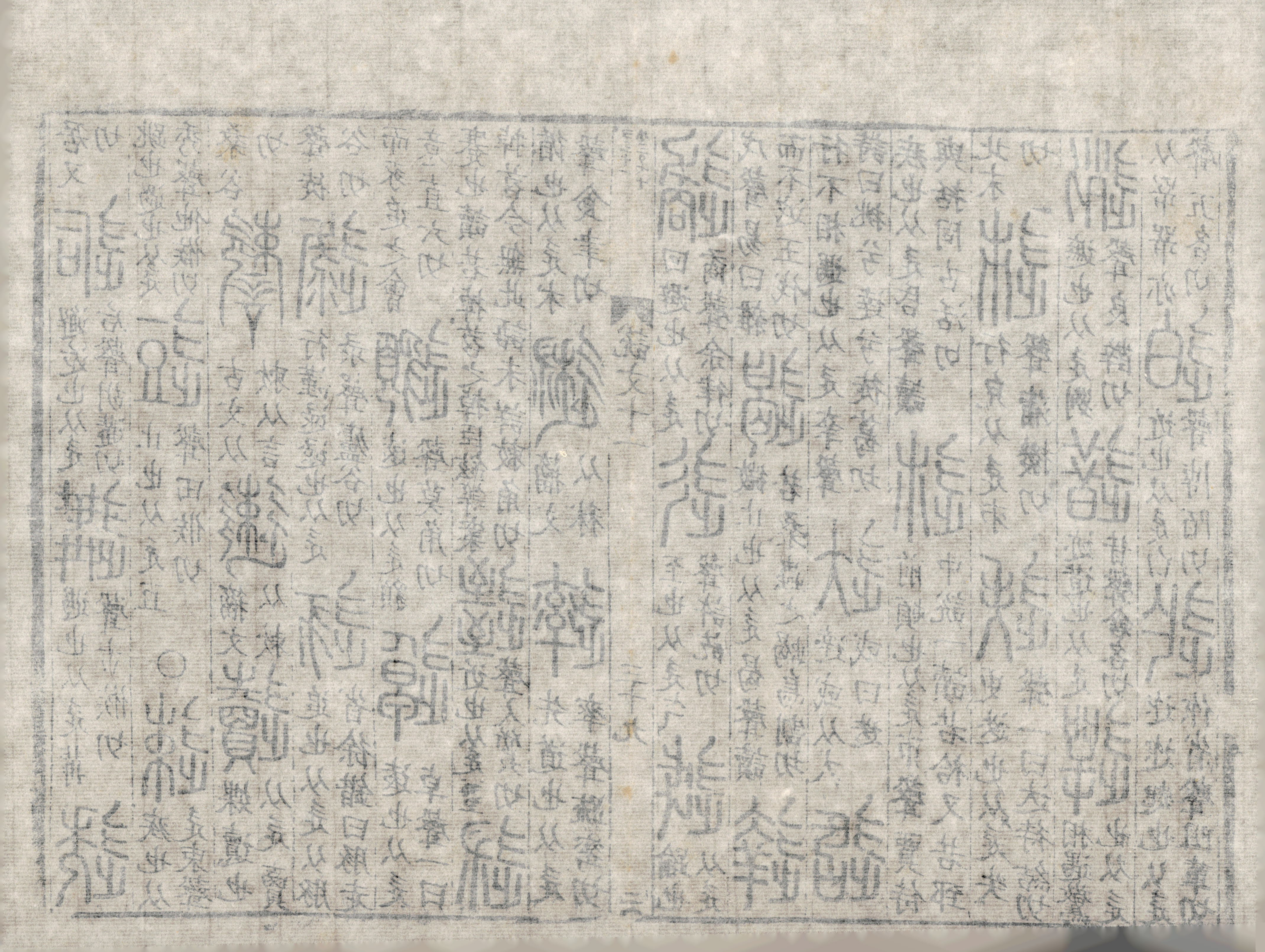

逆 迎也从辵屰聲關東曰逆關西曰迎宜戟切

迹 步處也从辵亦聲資昔切

蹟 或从足責

𨒪 籒文迹从朿

適 之也从辵啻聲適宋魯語施隻切

迟 曲行也从辵只聲綺戟切

𨒫 至也从辵弔聲都歷切

逖 遠也从辵狄聲他歷切

逷 古文逖

迪 道也从辵由聲徒歷切

逼 近也从辵畐聲彼力切

䢔 遝也从辵合聲侯閤切

遝 迨也从辵眔聲徒合切

邋 搚也从辵巤聲良涉切

文一百一十八　重三十

文十三 新附

㲋 六十九 獸也似兔青色而大象形頭與兔同足與鹿同凡㲋之屬皆从㲋 丑略切

𠈌 篆文

毚 狡兔也兔之駿者从㲋兔士咸切

○ 𩳁 獸名从㲋吾聲讀若寫司夜切

○ 𩳐 獸也似牲牲从㲋夬聲古穴切

文四　重一

文四　重一

[illegible]

文十三

[illegible]

文一百十八　重三十

[illegible]

𧮫 七十 口上阿也从𠆢从口上象其理凡谷之屬皆从谷 其虐切

𡨰 谷或如此

臄 或从肉从豦

㖇 舌皃从谷省象形 他念切

㐁 古文㖇讀若三年導服之導一曰竹上皮讀若沾一曰讀若誓 弼字从此

文三 重一

𩫏 七十一 度也民所度居也从回象城𩫏之重兩亭相對也或但从口 音韋 凡𩫏之屬皆从𩫏 古博切

𩫖 缺也古者城闕其南方謂之𩫖从𩫏缺省讀若拔物為決引也 傾雪切

文二

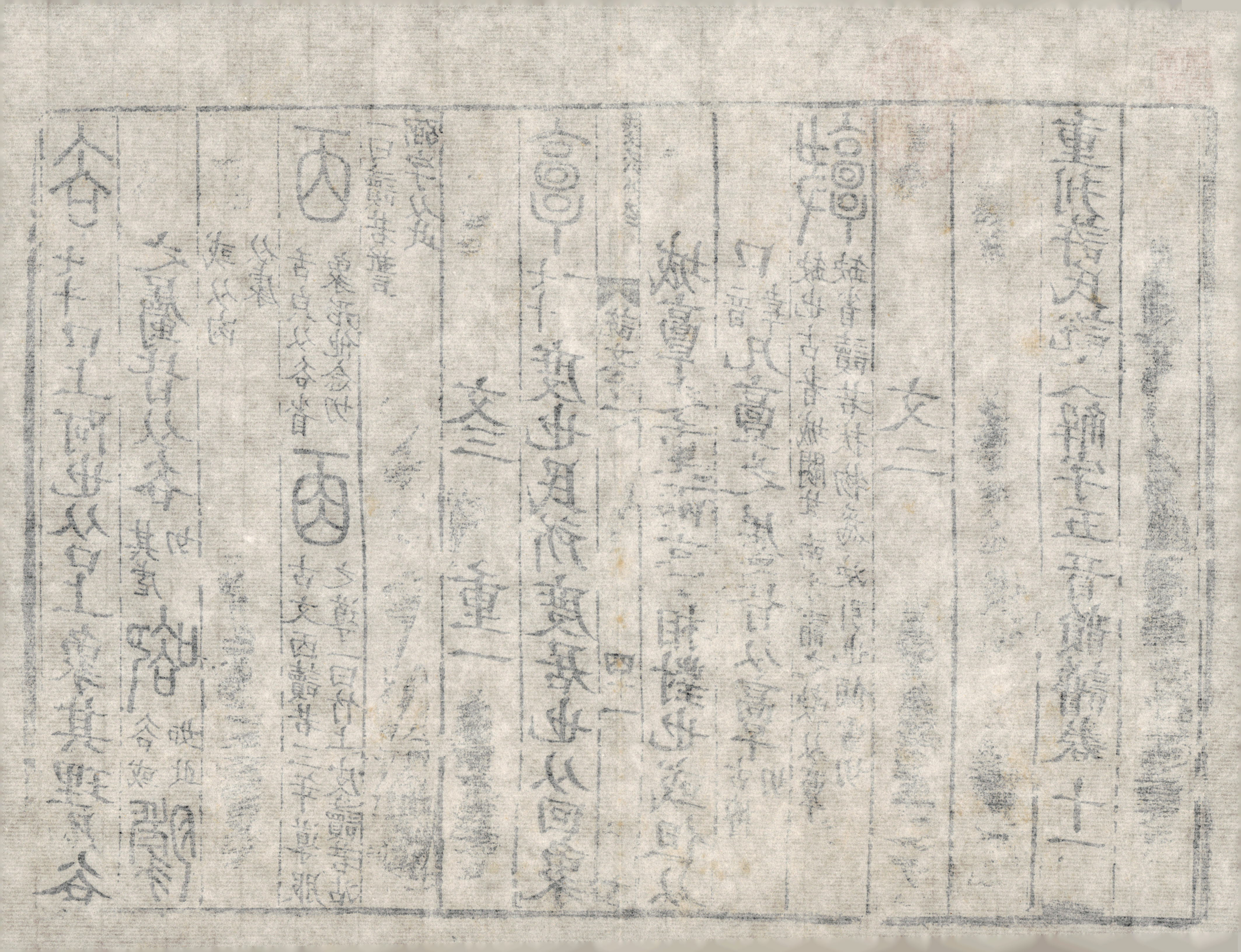

重刊許氏說文解字五音韻譜卷十二

文二

𩫖 缺也古者城闕其南方謂之𩫖从𩫏缺省讀若拔物為決引也

凡𩫏之屬皆从𩫏

城𩫏之重兩亭相對也或但从口

𩫏 度也民所度居也从回象

文三　重一

弼字从此 一曰讀若誓

㐁 舌皃从谷省象形 𠆧 古文㐁讀若三年導服之導 一曰竹上皮讀若沾

𧮫 口上阿也从口上象其理 凡𧮫之屬皆从𧮫

㕲 𧮫或如此 臄 或从肉从豦 其虐切

五福五代堂古稀天子寶

八徵耄念之寶

太上皇帝之寶